ninguém me obedece, muito menos eu

Carla Guerson

ninguém me obedece, muito menos eu

Cousa
REFORMATÓRIO

Editor:
Marcelo Nocelli

Revisão:
Natália Souza

Imagem de capa e internas:
fernanda bornancin (@zebradaa)

Design, editoração eletrônica e capa:
Karina Tenório

Dados Internacionais de Catalogação na Publicação (CIP)
Bibliotecária Juliana Farias Motta CRB7/5880

Guerson, Carla
ninguém me obedece, muito menos eu / Carla Guerson. –
São Paulo: Reformatório / Cousa (Coedição) 2025.
88 p.: 14x21 cm.

ISBN: 978-65-986974-8-8

1. Poesia brasileira. I. Título.

G935n CDD B869.1

Índice para catálogo sistemático:
1. Poesia brasileira

EDITORA REFORMATÓRIO
www.reformatorio.com.br

Para meus filhos,
rajada de vento em meio à falta de ar.

sumário

i. ponto de ebulição

"era preciso escrever um poema
eu escrevi
depois disso não
há urgências
além do coração
que bate"
(Lilian Sais)

"Dou murros no painel do carro
ou escrevo um poema?
Escrevo um poema."
(Regina José Galindo)

uma aposta de cada vez

comprei uma tele sena
e um tênis de corrida
no primeiro quilômetro
me estatelei no chão

por 45 minutos
procurei um lugar
na sombra
e me sentei na grama
ao sol

guardei a tele sena
sem raspar
escrevi no verso
um poema

como um lembrete
pra quando o joelho
sarar

deixar pelo menos
um sonho
em aberto

ciclo circadiano

an si e da de

uma taça de vinho
aromaterapia
filme-série-documentário
música clássica no volume máximo
agora baixinho
ginástica
melatonina
indução de sono
hipnose
de uma hora pra outra
resolver
largar tudo
no dia seguinte
mudar de ideia
de novo
de novo de novo
de novo de novo
de novo de novo
de novo

a mágica da arrumação

arrume:
    sua cama
    o armário
    a geladeira

retire:
    o que resta
    o que pesa
    o que dói

desapegue:
    das roupas
    dos cacarecos
    da zona de
            conforto

ajeite as caixas
descarte as sobras
encaixe as dobras

recicle
reorganize
reutilize
ressignifique

quem sabe assim você
arranja
um lugar
(um espaço, um tempo, um teto)
todo seu?

um dia desses

catatonicamente feliz
como quem não esqueceu de tomar o comprimido
prescrito

amanhã esquecerei

(decido)

entremeios

passa os olhos
clica, clica
rola o feed

o que procuro
com a ponta dos dedos
encontro no silêncio
desta manhã quente
na xícara de café
na casa vazia
no cheiro de pão da vizinha

nos entremeios

existe vida após a foto

em ponto

procuro uma palavra
que expresse
exprima
impressione

uma palavra que
experimente
toda a raiva latente
que vive em mim

raiva que exibo
cultivo e adorno
a raiva, a raiva
e a raiva de novo

uma palavra que conte
da cabeça cheia de
(raiva)
da mente pesada

(de raiva)
e de quando eu fico
pa
ra
li
sa
da
(de raiva)

sem saber por onde começar
ou terminar

exausta
exaurida
extenuada

(não pode ser só cansada
nem estressada)

a ponto de
e x p l o d i r

a ponto de saber que dali
(que daqui)
não tem mais volta

o ponto em que alguma coisa
acontece ou
desmonta
desmonto

uma palavra em ponto
de ebulição.

pedido

um de cada vez,
por favor

digo às vozes que não consigo calar

ninguém me obedece,
muito menos eu.

dever de casa

Eu deveria estar feliz
Eu deveria estar feliz
Eu deveria estar feliz
Eu deveria estar feliz
Eu deveria estar feliz
Eu deveria estar feliz
Eu deveria estar feliz
Eu deveria estar feliz
Eu deveria estar feliz
Eu deveria estar feliz
Eu deveria estar feliz
Eu deveria estar feliz
Eu deveria estar feliz
Eu deveria estar feliz
Eu deveria estar feliz
Eu deveria estar feliz
Eu deveria estar feliz
Eu deveria estar feliz
Eu deveria estar feliz
Eu deveria estar feliz

Eu poderia estar feliz.

vista

quando estou no
auge
me lembro que ainda é
fundo

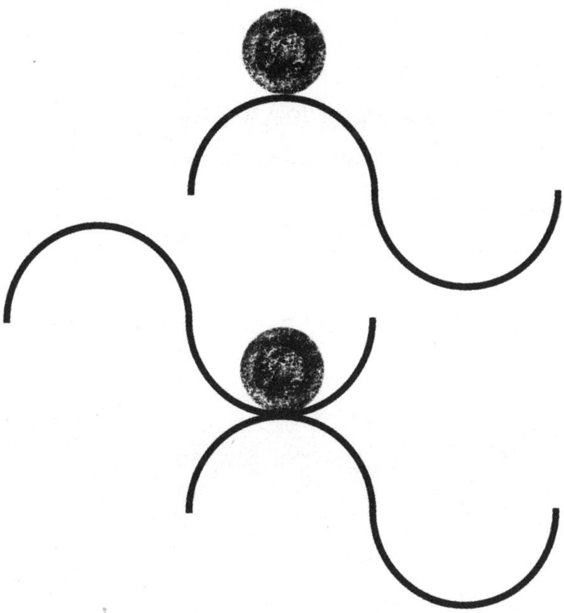

agenda

eu falaria sobre isso na terapia
se eu fizesse terapia
se eu não tivesse largado a terapia
se algum dia eu tivesse feito terapia
com certeza
falaria disso

com certeza.

entardecer

me diz onde
comprar

um remédio pequenininho desses

que me faça
entardecer.

20 de março de 2020

se eu ficar
completamente
parada
quieta
(bem quietinha)
paralisada
em silêncio
(bem quietinha mesmo)
imóvel
estatelada
se eu ficar bem
bem bem bem
bem
petrificada

será que uma hora
isso acaba?

esquisitices

uma xícara com a borda suja
uma calcinha limpa e dobrada
em cima da mesa
o livro entreaberto na página exata
que diz:
"pressentiu o seu próprio fim"

a planta que adubei com meu sangue
numa tentativa esdrúxula
de ser uma bruxa moderna

pequei na bruxaria
e na modernidade
continuo uma burguesa
metida a poeta

24 por 5

desopilar — decido.
24 horas sem o celular

5 minutos já se passaram.

equilíbrio

um comprimido branco
por dia
abrir mão dos meus picos
para evitar meus vales
me manter na linha do meio
sempre
es
          ta
bi
                    li
    za
              da

reflexo

esgarçada
sem filtro

no vidro escurecido
só vejo eu.

espanto

escrevi uma letra de música no papel
e perdi
quando encontrei
achei que era um poema meu
mas eu jamais seria capaz de escrever uma coisa tão
minha.

déjà vu

eu nunca vi um ciclone
nem um vulcão
nunca senti a terra tremer
e mesmo assim me sinto
indiferente
a essa força
que pode me fazer quebrar

como quem assiste a uma tragédia que já aconteceu.

desconforto

eu não tenho tempo
pra arrumar a casa
estou ocupada
tirando os pensamentos
do lugar

gosto de manter a impossibilidade.

clone

esta vida que eu vivo
não é minha
descobri isso ontem

não sei onde está a dona
da vida que ocupo
mas desconfio que foi viajar
sozinha
e que não pretende voltar tão cedo.

diagnóstico

um pequeno desconforto pélvico
pode ser ignorado
uma ardência na pele do cotovelo
a tontura leve
sono? latência
nada mais a relatar, a princípio
exceto uma vontadezinha de fingir que não existo
e aquela ideia intrusiva
de quebrar os copos
que tá sempre ali
como é que você deixou chegar nisso?

sigo lavando os copos
nem tudo
— quase nada —
tem sentido
na maior parte das vezes é só uma coincidência
de sentimentos, sortes e sensações
escrevo em versos

para parecer poesia
mas é só desconexão
falta de coerência
e preguiça de pontuar

caber

tentar ser menor
tirar umas
par-
-tes
cortar
o que sobra
até quando não
sobra

reduzir
o que já mal
existe
[encaixar]
>forçar<
até caber

no depois
(ou no depois do depois)
~~desistir~~

e s b u r r a r

residência

é aqui
neste pedaço obscuro
neste cantinho vazio
na borda irregular que me
contorna

é aqui
onde assenta
o que me dilacera
o que me deixa quieta
o que me diz quem sou

é aqui
neste espaço
neste único espaço
neste, neste espacinho aqui
não preenchido
pela rotina

que mora
a poesia

memória é o que existe
no intervalo entre o que foi
e o que poderia ser

parto

perco as canetas
e a palavra
ininteligível
teima em não sair

atravessada
não encontra passagem

vai ter que ser
retirada
a fórceps.

puerpério

o poema parido
não me pertence mais

chora faminto diante do peito
esfolado que não lhe satisfaz.

* pedacinhos *

fervilhando
inicio um projeto novo
arquivo na pasta número
trezentos e sessenta e sete
e espero
resfriar

*

tenho coisas urgentes
que precisam ser ditas
não consigo me lembrar de nenhuma

*

ligo a música alta
para não ser obrigada
a ouvir
meus próprios pensamentos

*

estudo
rabisco
tento
experimento
reviso
edito
até chegar no papel que rasguei
e joguei no lixo.

*

é insuportável ser eu

*

uma dose de tequila
às 11 da manhã
não faz de mim uma alcóolatra
(era uma dose bem pequenininha)

*

home office
eu não tenho tempo pra ficar deprimida
hoje, não.

*

um minuto de silêncio em atenção
à morte do meu carisma.

ii. merthiolate na ferida

"Morrer só o necessário, sem exceder a medida.
Regenerar quanto for preciso da parte que restou."

Wisława Szymborska

"Talvez nisso esteja a verdadeira conservação da espécie, em perpetuar até a última geração de humanos as neuroses de nossos antepassados, as feridas que vamos herdando como uma segunda carga genética."

Guadalupe Nettel

uma família feliz

na mesa de domingo
mentiras de segunda feira
dançam preguiçosas
entre as memórias
de muitos sábados
atrás

a semana mal começou
mas todo dia é dia
de desistir outra vez

nostalgia

merthiolate na ferida
ardendo
iodo manchando as
roupas

até hoje ouço a mesma música
que é pra ter certeza
que ainda dói

a dor que eu cultivo
é alaranjada.

o ponto chave

uma moça que não era eu
escreve um diário
uma moça que sou eu,
mas que não se parece comigo
não pensa como eu
não escreve como eu escrevo
qual é o exato instante em que algo muda?

o momento em que a moça que eu não fui
passa a ser eu
é esse:
o primeiro choro de desespero
é quando te põem no meu colo
e eu mal consigo ver
(não consigo ver)
meus olhos estão embaçados
e tudo parece demais pra mim
tenho medo de (te) quebrar
meus olhos continuam embargados
e eu nunca mais pintei minhas unhas

espelhada

em suas mãos vejo
unhas pequenas
e tortas
as pelinhas espigadas
entregam os dentes
que as apararam

encaro as minhas
e escondo
a semelhança que me
amarga
a boca

preciso deixar crescer outra vez.

nenhum amor é gratuito

fui embora
e me deixei pra trás

estou voltando para me
buscar

pretérito imperfeito

e se
eu tivesse passado
se eu tivesse aceitado
se eu tivesse coragem de
renunciar?

e se
eu tivesse partido
se eu tivesse assumido
se eu tivesse vontade de
recomeçar?

e se
eu tivesse negado
se eu tivesse acertado
se eu tivesse de uma vez por todas
decidido?

e se eu tivesse
desistido?

você não está em nenhuma das versões
da vida que eu quis
e mesmo assim eu insisto
em te deixar
aqui.

eu preciso de mais

preciso saber o que você
não conta
preciso saber o que você apronta
o que pensa e faz
quando ninguém vê
o que não admite
nem pra você
aquele assunto sobre o qual prefere
não comentar

eu preciso de mais

preciso saber a hora
em que você acorda
o que sonha nas noites
mal dormidas
o que passa naquelas madrugadas
em que se descobre insone
e mortal

eu preciso de mais

preciso de você por inteiro
preciso de você pelo
avesso
preciso ver o que tem por trás
o que permanece
apesar de
por causa de

preciso saber
o que te faz
você

duas

e então você entra
assim, displicente
sem ter medo de ser vista
ou invadida

quando enxerga
o que não gosta em mim
o desgosto
está em quem?

a identificação
vira estranhamento
rompem-se as comportas
e continuamos nós

continuamos sós

completas
e insatisfeitas

por que me ofende
ao invés de dizer
que não suporta ao me olhar
se ver
ao reverso

inteira e tão inútil
como a poesia
que fizemos juntas

porque não me deixa
ser verdadeira
a mim só me resta
ser o espelho
onde você se vê
e me rejeita
por não ser
você

barista

ela me traz um café
e eu vejo em seus dedos pequenos
cicatrizes antigas
repaginadas em arte
que poderiam ser
tatuagens

no desenho do café
as ondas
milimetricamente desenhadas
ensaiam nos levar

misturo
com a colher
observo esvanecer
me deixo enganar
pela vertigem

beberico e queimo
a língua

mais uma vez
não consegui esperar

gelo

minha filha vai à enfermaria
três vezes por dia
pedir uma sacola de gelo

a enfermeira anterior não permitia
a novata já prepara as sacolinhas
antes da aula começar

poderia ser calor
mas descobrimos que gelo
cura tudo:
dor de cabeça
pisão no pé
esbarrão na pilastra
e até vontade
de matar aula

impronunciável

choro todas as vezes em que pronuncio
perder a mãe

(escrever foi horrível
vou apagar)

porque isto é tipo
pornografia
não se deve pensar em voz alta
ou em público

vou ~~censurar~~
o poema
pois este é um texto impossível
que diz sobre o que não existe
ou não deve existir

ninguém deveria perder a mãe
e talvez ninguém perca

talvez
a mãe esteja
sempre aqui

talvez ela seja eu
ou você

talvez a gente não devesse
falar sobre isso.

passeio

saí para buscar paz
e encontrei:
um lixo fedido na rua
sol a pino
vento frio
barulho de obra

só apanhei:
restos palavras pequenos devaneios
que achei jogados no chão

saí para buscar a paz
e voltei pra casa
com três guerras a mais.

guerra

das vezes em que lutei
em nenhuma delas me prometeram
a glória

em todas me restaram
os despojos

culposos

.
.
.
.
.
.
.
.
.

todas as vezes em que eu desisti
eu ainda estava aqui

ontem

senti um mal súbito
e me vieram à mente
as noites mal dormidas
a batata frita da lanchonete
os dias em que faltei à academia
o vinho da terceira garrafa
a última bituca de cigarro
você

ontem senti um mal
e subitamente soube
que não era o fim
guardei a caderneta vazia
e sentei para assistir minha série
favorita
(estreou a terceira temporada)

poesia equilibrada

dizem que as mulheres escrevem mais poesia
pois não têm tempo
para os textos longos
cuidam dos filhos
trabalham e ainda precisam ser bonitas
não sobra tempo para escrever

por isso a poesia
que é isso de jogar as palavras
no papel
e achar bonito
coisa de menina, mesmo
de mulherzinha
uma palavrinha de cada vez
sem doer muito
e sem ocupar
a página inteira
a vida inteira
o dia inteiro

uma escrita cortada
em versos
para uma vida
cortada
em dias, momentos, minut

um pouquinho de cada coisa
como convém a uma boa moça
que não pode
não ~~deve~~
não ~~quer~~
gastar tanto tempo
num só desígnio

há que se ter equilíbrio
há que se ter
equilíbrio
há que se
ter
equilíbrio.

licença poética

abriu mão de ser entendida
justificada
validada

abriu mão de ser desejada

perdeu
desistiu
repetiu

(des) esperou

saiu de lá marcada
com o que ela tem de melhor:
desejo

“atitude flagrantemente inadequada”

do contra

prefiro esperar sozinha
não como feijão com arroz
desisti de ser bonita
e quando era pra descer
eu subi

minha mãe não me pariu
moro até hoje dentro dela
respirar me dói
e eu tento chorar
mas não consigo

gosto da minha voz
ao telefone
e me sinto mais cansada
quando acordo
descanso em pé
e entorto os quadros na parede
destranco a porta

ao dormir
e espero você me inundar

escuto melhor
quem fala baixo
desarrumo a cama
para esperar você chegar

não achei tão incômodo
fazer mamografia

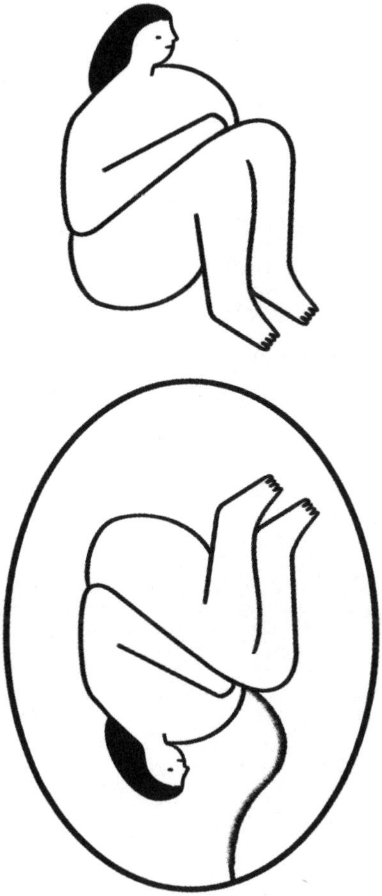

autópsia da raiva

a raiva é azul
da cor da xícara do café da manhã
aquela que eu quebrei
enquanto lavava a louça que você deixou
em cima da pia
na sua vez de lavar

a raiva tem gosto de café frio
a gente engole rápido
ainda que tenha vontade de
cuspir

a raiva é pastosa
e embora pareça que pode ser
contida
ela escorre, escapa
e suja o chão
onde eu escorreguei

a raiva devia ser áspera
mas às vezes é
lisa
como uma folha de papel
fininha
que passa no meio dos dedos

a raiva soa como um hino gospel
estridente
e tem o cheiro
de 24 homens
correndo na quadra
com a calça abaixada.

falta

um dente a menos
um intervalo maior do que o previsto
aqueles três segundos de silêncio
quando você esqueceu
a fala

o nome daquele parente
que te fugiu à memória
os detalhes daquela história
o rosto desenhado que você
apagou

um dedo a menos na luva
a sandália que arrebentou
a planta murcha que você não
molhou
um furo na meia
por onde o dedão escapa

o pedaço de pano que você precisava
para completar o barrado
a telha que quebrou
a goteira teimosa
a poça
a poça
a poça
que se forma no chão

herança

visto suas roupas
e não me pareço com você
procuro no espelho algum traço
alguma pista
do que eu deveria lembrar

aliso com as mãos
as dobras da saia
que não contornam o meu corpo
tento respirar o mesmo ar
que você respirou
procuro o seu cheiro, mas não lembro
qual é

inspiro fundo
mas só sinto a tinta fresca
da parede que pintei
recente
para esconder o bolor

procuro a umidade
com os dedos
e ali te percebo

por baixo da tinta
da roupa
do pó
que te cobria

por baixo do pano
onde toco
a pele mais jovem que a sua

te sinto
nos dedos gelados
que herdei de você

pôr-do-sol

o sol está como eu

miúdo

e ainda assim é a hora
mais bonita
em que não dá pra voltar atrás

o respirar antes do fim.

(no dia seguinte, amanheceu de novo)

prólogo

se escrevo (grito)
para falar comigo mesma,
quando você me lê está ouvindo algo
que não foi escrito
para você
(exceto essa frase que acabei de escrever)

na peça da vida,
escrever é atuar
e deixar escapar
a personagem

eu olho pra trás de vez em quando

Este livro foi composto em Minion Pro
e impresso em papel pólen bold 90 g/m²,
em agosto de 2025.

Impressão e Acabamento | Gráfica Viena
Todo papel desta obra possui certificação FSC® do fabricante.
Produzido conforme melhores práticas de gestão ambiental (ISO 14001)
www.graficaviena.com.br